Ein Bilderbuch von Christine Jüngling
mit Bildern von Susanne Szesny

Kleiner Adler beschließt, seine Freunde Mutige Bärin und Schnelles Pferd zum Spielen abzuholen.

Gemeinsam machen sich die drei Indianerkinder auf den Weg, um ein wenig durch die Prärie zu streifen.
„Geht nicht so weit vom Dorf weg!", ruft ihnen Helle Sonne, die Mutter von Kleiner Adler, nach.

Schon bald haben sich die Kinder so weit vom Indianerdorf entfernt, dass die Zelte nicht mehr zu sehen sind.
Plötzlich sieht Kleiner Adler im Gras etwas aufblitzen. Als er genauer hinschaut, erkennt er, dass es ein kleiner, glitzernder Stein ist.
„Oh, ist der schön!", sagt er und hebt ihn auf.
Im selben Moment hört er eine wütende Stimme: „Gib sofort den Stein her, er gehört uns!"
Verdutzt blickt Kleiner Adler sich um.
Dort stehen drei fremde Indianerjungen, die ihn angriffslustig anstarren.

Kleiner Adler möchte den Stein behalten und steckt ihn in
seinen Brustbeutel.
Da springt der größte der drei Jungen auf ihn zu und schubst ihn
zu Boden.
Schnelles Pferd kommt seinem Freund zu Hilfe und tritt dem Großen kräftig
gegen das Schienbein.
„Seid ihr verrückt, euch wegen eines Steins zu prügeln?", ruft Mutige Bärin.
„Bestimmt seid ihr vom Stamm der Graubären", sagt eines der anderen
Kinder verächtlich. „Unsere Eltern haben uns nur Schlechtes von euch
erzählt."
„Dann müsst ihr von den Silberwölfen sein", entgegnet Kleiner Adler
unfreundlich.
„Ich bin Wolfsauge", sagt der große Junge. „Wenn ihr es nicht anders
wollt, werden wir um den Stein kämpfen. Kommt morgen mit euren
Freunden hierher und macht euch auf etwas gefasst."

Schweigend laufen Kleiner Adler, Mutige Bärin und Schnelles Pferd zurück ins Dorf. Auf der Wiese vor den Zelten treffen sie die anderen Kinder ihres Stammes und erzählen von ihrem Erlebnis.
„Die sollen unsere Fäuste kennenlernen", sagt Starker Büffel sofort.

Am Abend kann Kleiner Adler lange nicht einschlafen.
Er hat kein gutes Gefühl, wenn er an den Kampf um den Stein denkt.
Als sein Vater noch einmal nach ihm sieht, fragt Kleiner Adler: „Warum sind wir mit den Silberwölfen verfeindet?"
„Das war schon immer so", antwortet Großer Falke streng. „Sie sind böse und streitsüchtig."
„Auch die Kinder?"
„Alle miteinander", antwortet der Vater. „Und jetzt solltest du endlich schlafen."

Als Kleiner Adler am nächsten Tag auf die Wiese kommt, haben sich die anderen Indianerkinder schon versammelt. Sie sind kaum wiederzuerkennen, weil ihre Gesichter mit bunter Kriegsbemalung bedeckt sind. Alle tragen selbst geschnitzte Stöcke bei sich.
„Worauf warten wir noch?", ruft Starker Büffel ungeduldig.
„Auf in den Kampf!"

Kurz darauf kommen die Kinder zu der Stelle, wo Kleiner Adler den Stein gefunden hat. Sie werden mit wildem Geschrei empfangen.
„Vielleicht können wir noch einmal darüber reden", sagt Kleiner Adler.
Aber keiner hört ihm zu.
Im nächsten Augenblick fallen die Kinder übereinander her.
Sie schlagen und treten um sich und wälzen sich auf dem Boden.
Als Kleiner Adler plötzlich einen Schlag auf die Nase bekommt und es sogar ein wenig blutet, reicht es ihm. Wütend steht er auf und klopft sich den Staub von seiner Hose.
Auch Mutige Bärin steht etwas abseits.
Gemeinsam beobachten sie das Knäuel von kämpfenden Kindern.

Nach einer Weile hören die Kinder endlich auf zu kämpfen.
Erschöpft sitzen sie mit schmutzigen und zerrissenen Kleidern herum.
„Und was habt ihr nun von dieser Prügelei?", ruft Mutige Bärin. Als sie keine Antwort bekommt, fügt sie noch hinzu: „Es gibt keinen Sieger, weil es nämlich nichts bringt, sich zu schlagen."

Plötzlich hat Kleiner Adler eine Idee.
„Was haltet ihr davon, wenn wir morgen einen friedlichen Wettkampf im Schwimmen, Klettern und Laufen veranstalten? Der Gewinner bekommt den Stein", schlägt er vor.
„Mit euch niemals!", empört sich Wolfsauge.
Auch Starker Büffel ist dagegen.
„Warum denn eigentlich nicht?", sagt ein Indianermädchen vom anderen Stamm.
Und nach und nach stimmen immer mehr Kinder dem Vorschlag von Kleiner Adler zu.
Sie verabreden sich für den nächsten Tag auf einer Wiese am See.
Dort soll der Wettkampf stattfinden.

Ihren Eltern erzählen die Kinder nichts von ihren Plänen.
„Manche Dinge müssen wir Kinder alleine regeln", erklärt Kleiner Adler seinen Freunden bedeutungsvoll.

Zufrieden stellt Kleiner Adler am nächsten Tag fest, dass die Kinder der Silberwölfe alle gekommen sind.
Feierlich legt er den glitzernden Stein auf einen Steinhaufen.
Die Regeln für den Wettkampf sind schnell besprochen.
Es wird Zweikämpfe geben, der Gewinner erhält einen Punkt.
Der Stamm, der am Ende die meisten Punkte hat, bekommt den Stein.

Zuerst findet das Wettschwimmen statt.
Drei Kinder von jedem Stamm nehmen daran teil.
Mutige Bärin gibt das Startzeichen und die ersten beiden Kinder springen ins Wasser.
Die anderen stehen gespannt am Ufer und jeder Stamm feuert seinen Schwimmer durch lautes Geschrei an.
Präriefeuer von den Silberwölfen erreicht zuerst das andere Ufer.
Aber schon beim nächsten Rennen ist Starker Büffel der Sieger und der Jubel bei den Graubären ist groß.
Beim dritten Durchgang kommen beide Schwimmer gleichzeitig an.
„Das bedeutet Gleichstand", sagt Kleiner Adler. „Jeder hat zwei Punkte."
Alle Kinder stimmen ihm zu.

Nun soll das Wettlaufen stattfinden.
Auch dieses Mal wird es drei Rennen geben.
Aufgeregt miteinander tuschelnd stehen die Kinder beisammen und warten auf den Start.
„Dieser Wettkampf macht viel Spaß", sagt Mutige Bärin zu einem Mädchen vom anderen Stamm.
„Ja, das finde ich auch", antwortet das Mädchen lächelnd.
Keiner denkt in diesem Moment darüber nach, dass sie ja eigentlich Feinde sind.
Wolfsauge klatscht in die Hände und die ersten beiden Läufer rennen los. Am hohlen Baum haben sie gemeinsam eine Ziellinie in den Sand gezogen. Schnelles Pferd erreicht den Baum zuerst.
„Gewonnen!", ruft er. „Ein Punkt für uns."
Bei den anderen beiden Rennen jedoch schlagen Morgenröte und Bussardfeder zuerst an. Beide gehören zum Stamm der Silberwölfe.
„Nun habt ihr einen Punkt Vorsprung", sagt Kleiner Adler. Er ist ein bisschen enttäuscht, aber das lässt er sich nicht anmerken.

Die letzte Sportart ist das schnelle Klettern.
Die Kinder versammeln sich unter einem hohen Baum.
Unter den Indianerkindern gibt es zwar viele gute Kletterer, aber für den Wettkampf melden sich nur zwei, nämlich Kleiner Adler und Wolfsauge.
Nun stehen beide neben dem mächtigen Stamm und warten auf das Startzeichen.
„Achtung, fertig, los!", sagt Listige Füchsin und die Jungen beginnen flink wie die Katzen den Baum emporzuklettern.
Alle anderen starren gespannt nach oben.
Mutige Bärin hält es vor Aufregung kaum noch aus.
„Das schaffst du, Kleiner Adler!", ruft sie ihrem Freund zu.
Und tatsächlich wird der Vorsprung von Kleiner Adler immer größer und schließlich erreicht er als Erster den obersten Ast des Baumes.

Als sie wieder auf dem Boden stehen, reicht Wolfsauge Kleiner Adler seine Hand und sagt: „Du hast gewonnen. Du bist ein guter Kletterer."
„Es gibt nur ein Problem", sagt Starker Büffel. „Jeder Stamm hat jetzt vier Punkte, das ist unentschieden."

Die Kinder beratschlagen, was sie nun tun können.
„Was haltet ihr davon, wenn wir bald wieder einen Wettkampf machen?", schlägt Schnelles Pferd vor.
Und Präriefeuer sagt: „Der Stein kann unser gemeinsamer Freundschaftsstein sein. Wir können ihn unter den Steinen hier verstecken."
Weil alle Kinder an diesem Nachmittag viel Freude hatten, sind sie einverstanden. Sie besprechen noch ihr nächstes Treffen und verabschieden sich dann fast wie Freunde.

„Das mit dem Wettkampf war eine gute Idee von dir", sagt Starker Büffel auf dem Rückweg.
Kleiner Adler nickt zufrieden und sagt: „Ja, und ich freue mich schon auf das nächste Mal!"

Im Indianerdorf findet Kleiner Adler seinen Vater im Zelt von Donnernder Fluss, dem Medizinmann des Stammes.
Staunend hören die Männer den Kindern zu, als sie aufgeregt von dem friedlichen Nachmittag berichten.
„Es war so schön und es gab überhaupt keinen Streit!", erzählt Kleiner Adler begeistert.
Eine Weile schweigen die beiden Männer.

Dann sagt Großer Falke: „Ich glaube, von unseren Kindern können wir noch eine Menge lernen."
„Ihr habt uns gezeigt, dass es möglich ist, einen Streit auch ohne Gewalt zu lösen", sagt Donnernder Fluss. „Wir sind stolz auf euch."
„Vertragt ihr euch jetzt auch mit den Silberwölfen?", fragt Kleiner Adler.
„Wir werden es auf jeden Fall versuchen", verspricht der alte Indianer.
Kleiner Adler und seine Freunde freuen sich.
„Schlagen ist dumm!", rufen sie. „Es geht auch anders, das wissen wir jetzt ganz genau!"

CHRISTINE JÜNGLING

wurde 1963 in Frankfurt am Main geboren. Nach ihrer Ausbildung zur Fremdsprachenkorrespondentin lebte sie in einigen europäischen Hauptstädten. Seit mehreren Jahren schreibt sie Kindererzählungen und heitere Familiengeschichten. Zur Zeit wohnt sie mit ihrem Mann und den vier Söhnen in Kaarst.

SUSANNE SZESNY

wurde 1965 in Dorsten geboren. Sie studierte Visuelle Kommunikation in Münster und hat unter anderem bereits viele Bücher für Kinder illustriert. Seit 1990 arbeitet sie als freiberufliche Illustratorin und lebt heute mit ihrem Mann und einem Sohn in Duisburg.

Ein weiteres Bilderbuch von Christine Jüngling:

„DAS ZAUBERMITTEL oder Wie man fast alles schaffen kann, wenn man es sich nur zutraut"
Christine Jüngling (Text), Jann Wienekamp (Illustration)

Kai wird häufig von den anderen Kindern belächelt, weil er sich nichts zutraut. Als Kai eines Tages mit seinem Opa darüber spricht, schenkt dieser ihm ein kleines, blaues Fläschchen mit einem Zaubermittel - ein Mutmachmittel. Und tatsächlich! Kai merkt, dass er immer mehr Vertrauen in sich selbst bekommt, und wird so mit jedem Tag mutiger und fröhlicher, bis ... bis ihm eines Morgens das Fläschchen mit dem Zaubermittel auf dem Fußboden zerbricht. Schnell läuft er zu seinem Opa, denn Kai muss unbedingt neues Zaubermittel haben. Doch sein Opa erklärt Kai, dass er kein neues Mutmachmittel mehr braucht, denn das angebliche Zaubermittel war nichts anderes als gewöhnliches Leitungswasser, und Kai merkt, dass er alles aus eigener Kraft geschafft hat. Und damit Kai dies nicht vergisst, schenkt ihm sein Opa zuletzt einen kleinen Mutmach-Tiger, der Kai daran erinnern soll, dass man fast alles kann, wenn man sich nur selbst vertraut.

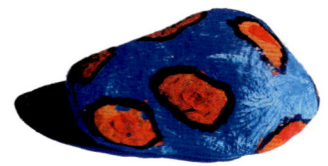 # Freundschaftssteine

Steine werden schon seit langer Zeit als Beweis für eine Freundschaft verschenkt. Bei den Indianern waren Halbedelsteine wie der blaue Türkis sehr beliebt. So wie auch hier in dieser Geschichte.

Hast du Lust, selbst einmal einen Freundschaftsstein herzustellen? Man braucht dafür nicht unbedingt echte Edelsteine.
Bunt bemalte Kiesel mit selbst erdachten Mustern eignen sich genauso und sind sogar noch viel persönlicher.

Und so geht's:

Zunächst musst du dir ein paar Steine suchen. Am besten glatte, denn die lassen sich besser bemalen. Glatte Kiesel findet man vor allem an Flussufern, man kann sie aber auch im Gartencenter kaufen.

Dann benötigst du Pinsel und Farben. Als Farben eignen sich Acrylfarben am besten, da sie gut decken und nach dem Trocknen sehr kratzfest sind.
Besonders gut kommen die Farben auf weißen Steinen zur Geltung. Dunkle Steine solltest du vor dem Bemalen mit weißer Acrylfarbe grundieren, das heißt einmal komplett weiß anmalen und trocknen lassen.

Dann kannst du die Steine farbig bemalen, wie du willst. Mit Muster oder ohne, einfarbig oder mehrfarbig – gerade so, wie du möchtest.

Damit die Farben besser halten und noch mehr strahlen, kannst du deine Freundschaftssteine nach dem Trocknen mit einem Klarlack lackieren. Auch hier eignen sich Acryllacke am besten, da sie nass mit Wasser auswaschbar und trocken wasserfest sind.

Wir hoffen, dass du viel Spaß beim Bemalen der Steine und große Freude beim Verschenken deiner Freundschaftssteine hast!

Albarello – Für Kinder die schönsten Bücher.
Diese und andere unter: www.albarello.de

„EIN SCHUTZENGEL FÜR DEN STRASSENVERKEHR"
oder Die wichtigsten Tipps, wie man sich vor Unfällen schützen kann
Bärbel Spathelf (Text),
Susanne Szesny (Illustration)
Mit Schutzengel als Plüschfigur und Gehweg-Führerschein!
Originalausgabe
ISBN 3-930299-90-9

„INDIANERKIND KLEINER ADLER"
oder Das ist zu gefährlich – das machen wir nicht
Christine Jüngling (Text),
Susanne Szesny (Illustration)
Originalausgabe
mit indianischem Brustbeutelchen!
ISBN 3-930299-93-3

BERT, DER GEMÜSEKOBOLD
oder Warum man gesunde Sachen essen soll
Julia Volmert (Text)
Susanne Szesny (Illustration)
ISBN 3-930299-76-3
Bilderbuch, ab 3

Philip und seine Schwestern Katharina und Stefanie dürfen alleine im Hof spielen. Beim Spielen rollt ihnen der Ball auf die Straße. Die Kinder laufen hinterher. Aber zum Glück ist ihr Schutzengel gleich zur Stelle, sodass auch die kleine Stefanie rechtzeitig am Bordstein anhält und den Kindern nichts passiert. Der kleine Schutzengel erklärt den Kindern nun, wie sie sich im Straßenverkehr richtig verhalten, damit so etwas nicht noch einmal geschieht. Und weil Philip bald in die Schule kommt, übt der Schutzengel am nächsten Morgen mit ihm seinen Schulweg. Damit Kinder die lebenswichtigen Verkehrsregeln frühzeitig kennen lernen, sollten schon Kinder im Kindergartenalter an das Thema herangeführt werden.

Mit diesem wundervoll illustrierten Buch gelingt es, sowohl Vorschulkinder als auch kleinere Kinder auf Verkehrsgefahren aufmerksam zu machen, um so Unfällen im Straßenverkehr vorzubeugen.

Indianerkind Kleiner Adler möchte gerne zur Gruppe von Starker Büffel gehören. Doch Starker Büffel verlangt verschiedene Mutproben. Die ersten Prüfungen sind nicht allzu schwierig, wenn auch schon ein bisschen gefährlich. Doch dann will Starker Büffel, dass Kleiner Adler den überaus gefährlichen, wilden Fluss überquert, an dem die Kinder nicht spielen dürfen. Was soll er nun tun? Kleiner Adler vertraut sich dem weisen Medizinmann an. Der rät ihm, auf seine innere Stimme zu horchen, um so zu erkennen, ob er die Mutprobe machen soll oder nicht, und gibt ihm als Hilfe einen kleinen Lederbeutel mit. Als der Tag der Mutprobe kommt, merkt Kleiner Adler, dass diese lebensgefährlich ist, und verweigert die Mutprobe. Und als dann noch Starker Büffel selbst in den gefährlichen Fluss stürzt, sieht auch er ein, dass Kleiner Adler Recht hatte, solch gefährliche Dinge nicht zu machen.

Jonas und Lena meckern übers Essen. Schon wieder hat ihre Mutter „etwas Gesundes" gekocht. Warum können sie nicht jeden Tag Pommes und Hamburger essen wie ihr Freund Max aus dem Kindergarten? Doch plötzlich taucht Bert, der kleine Gemüsekobold, auf. Der kann genau erklären, warum gesundes Essen so wichtig ist, was im Bauch passiert, warum Essen Kraft gibt, und schenkt den Kindern zuletzt noch einen „Kinder-Kraftstoff-Anzeiger", mit dem die Kinder jeden Tag überprüfen können, wie viel Gesundes sie schon gegessen haben. So bekommen die Kinder spielerisch ein Gefühl für bewusste Ernährung und werden zudem noch angespornt, Gesundes zu essen.

Zu diesem Bilderbuch gibt es ein großformatiges Kochbuch:

„Berts große gesunde Kinderküche"
64 S., 24 x 32,7 cm
Mit vielen Fotos und Illustrationen
ISBN 3-86559-013-6

Originalausgabe
www.albarello.de
© 2006 Christine Jüngling (Text)
© 2006 Susanne Szesny (Illustration)
© 2006 Albarello Verlag GmbH
Alle Rechte liegen bei
Albarello Verlag GmbH, Wuppertal
Neue Rechtschreibung
ISBN-10: 3-86559-020-9
ISBN-13: 978-3-86559-020-9